1871 !

LES PREMIÈRES PHASES

D'UNE

DÉCADENCE

PAR AUGUSTE DALICHOUX

(DE METZ)

> Ce qu'Isaïe reproche de son temps :
> l'idolâtrie, l'orgie, la guerre, la prosti-
> tution, l'ignorance, dure encore.
> Isaïe est l'éternel contemporain des
> vices qui se font valets, et des crimes qui
> se font rois. (VICTOR HUGO.)

TROISIÈME ÉDITION

PRIX : 1 FRANC

PARIS

35 ET 37, RUE DE SEINE

1871 !

LES

PREMIÈRES PHASES

D'UNE

DÉCADENCE

PAR

AUGUSTE DALICHOUX

(DE METZ)

TROISIÈME ÉDITION.

PARIS

35 ET 37, RUE DE SEINE

1871

LA FRANCE !

> La situation de la France est si
> grave qu'il n'y a pas moyen d'hé-
> siter. Je ne m'exagère pas ce que
> peut un livre; mais il s'agit du
> devoir et nullement du pouvoir.
> Eh bien ! je vois la France baisser
> d'heure en heure, s'abîmer comme
> une Atlantique. — Pendant que
> nous sommes là à nous quereller,
> ce pays enfonce.
>
> MICHELET.

Combien la France est descendue !

Et qu'a-t-elle fait du grand élan qui la sauva en
1793 ?

Que son sol est aride !

Qu'est donc devenue cette semence mystérieuse,

qui, en 1789, put rendre fécond le sol volcanique de la révolution, pour faire surgir de son sein, toute une pléiade de grands hommes, d'héroïques citoyens, et d'illustres guerriers?

Mais aujourd'hui, quelle stérilité....

Et pourtant, les évènements qui s'accomplissent au XIXe siècle sont assez remarquables par leurs faits brutaux et leurs conséquences, pour qu'il soit permis d'espérer que d'un tel remuement de l'humanité, il en sortira autre chose qu'un conquérant vulgaire et des tribuns de carrefour.

Dans quel moment naîtra-t-il donc des génies, si ce n'est au milieu de ces crises gigantesques, de ces abîmements du droit, et des mugissements du souffle social menaçant le vieux monde?

Puisque c'est au sein des grands évènements que les hommes, semblables à l'airain qui sort bouillonnant de la fournaise ardente, se transforment et se purifient aux flammes du patriotisme; puisque c'est au milieu d'une telle tempête que les cœurs battent le plus fort, que l'intelligence devient plus vaste sous l'étreinte de l'enthousiasme et du désespoir; puisqu'enfin c'est dans de tels moments où la surexcitation est à son comble, que les hommes, poussés par la force d'un mystérieux courant qui vient agiter l'humanité, se sentent devenir géants sur la terre brûlante qui les porte !

Pourquoi donc, en 1870, alors que la France — trahie et livrée par l'infâme qui régna sur elle pendant vingt ans, vit les lourds escadrons de l'invasion germanique se répandre sur son sol sacré ? Pourquoi ne donna-t-elle pas naissance à des génies, à des héros, qui, dominant, électrisant le peuple français, l'aurait entraîné au-devant de l'invasion, non-seulement pour l'arrêter dans sa marche triomphale, mais mieux encore, pour écraser sans pitié cette éternelle négation de la civilisation, et faire rentrer définitivement dans la nuit, les champions de la féodalité ?

Pourquoi la France républicaine ne rendit-elle pas ce grand service au monde ? Pourquoi les fils de 89, poussés par le grand souffle de la liberté, tombèrent-ils devant les soldats du despotisme, qu'animaient seul, le souffle poitrinaire du droit divin ?

C'est que, dans des jours d'égoïsme et de puéril effroi, alors que ses croyances, ses traditions, ses intérêts n'étaient qu'apparemment menacés par le spectre rouge du socialisme, et les discours de quelques énergumènes vendus à la coalition des rois..., la France commit la faute immense, irréparable peut-être, — de se jeter deux fois dans les bras du césarisme pour échapper à quelques remaniements sociaux, et surtout aux graves problèmes que le paupérisme voudra toujours remettre implacablement en question. tant qu'il ne lui sera point prouvé qu'ils sont insolubles et par conséquent insensés.

C'est en ce moment que la France, instruite superficiellement des principes de 89, ne possédant en politique comme en libre-pensée qu'une philosophie chétive et sans profondeur, manqua de ce courage civique, de cette prescience de sa véritable mission parmi l'humanité, qui pouvaient lui donner la force et la hardiesse de regarder en face dix-huit siècles d'ignorance, de fanatisme et d'injustice.

Répudiant la révolution dans son grand avertissement aux peuples, la France crut néanmoins en conserver l'esprit en acclamant 1802... et 1852... lorsqu'elle ne faisait que l'atrophier, le ridiculiser même, en le plaçant sous la protection des Césars et de leurs traditions guerrières.

Avide de repos après avoir été avide de gloire, généreuse avec excès, chevaleresque par tempérament, confiante jusqu'à la folie, se flattant trop haut d'être sympathique à tous les peuples, odieuse à tous les rois; ignorant toutes les constitutions d'Europe et soupçonnant à peine la sienne ; dédaigneuse des enseignements de l'histoire et des déductions philosophiques ; croyante par poésie ; athée par ennui ; manquant de la foi robuste que donne le fanatisme des convictions longuement réfléchies ; ignorant Montaigne, Rabelais et Montesquieu ; effleurant Voltaire et Rousseau ; s'honorant de ces génies, et reniant Robespierre, pratiquant leurs principes ; fondant l'Internationale, prêchant l'union des peuples et chantant Béranger qui célèbre Napoléon Ier ; inconséquente avec affectation, théâtrale sans être comédienne, ennemie de l'axiome : la fin justifie les moyens ; cœur ardent , cœur immense, s'offrant, hélas ! sans contrat à toutes les nations opprimées ; champion de la liberté des peuples, et cherchant encore à conquérir la sienne ; complice et victime tout à la fois des faux Wasinghton et véritables Machiavel de l'univers, en quête de son épée et de son trône ;

.... La France, depuis 1789 jusqu'à nos jours, s'est payée de mots sonores, de définitions vagues, de promesses solennelles prononcées, faites, par des hommes qui rarement ont eu en partage une conviction doublée du génie !

C'est sous la direction de ces histrions, de ces esprits étroits, et bien peu sous celle d'un génie, ô noble France, il faut te le dire !.... que tu perdis insensiblement de vue la voie sublime où tu devais marcher à la tête de la civilisation !

Quoi ! tu ignorais que la plupart de ces hommes n'avaient toujours eu qu'un but — arriver au pouvoir, et que pour s'y maintenir, hélas ! ils n'avaient jamais hésité de donner quand même satisfaction au besoin du présent en sacrifiant sans scrupule les intérêts et la grandeur de ton avenir.

Plus soumise qu'indépendante au lendemain de 1830, 1848 et 1870 ! plus démoralisée que retrempée par la longue étreinte des plus épouvantables malheurs , tu retardas toujours ta résurrection révolutionnaire et nationale en livrant tes belles destinées aux fourbes , aux audacieux , qui n'avaient d'autres mérites à tes yeux que le despotisme que tu pressentais en eux !

Et toi, la France superbe et frémissante d'un noble orgueil, la France de 89, celle qui proclama les droits de l'homme , tu voulus attacher ton peuple à la remorque de ces deux puissants moteurs — qui s'appelent la bourgeoisie et la noblesse , et lui faire baiser la main de fer des sauveurs de nations !...

Tu croyais, ô faiblesse — qu'elle seule était assez forte pour maintenir la digue mal construite, que venaient battre avec des grondements terribles la misère et l'ignorance humaine !

Ah! pourquoi faut-il que dans un moment d'indigne crainte, de prostration suivie de folles terreurs, alors que déjà énervée et tiraillée en tous sens par l'idée chauvine, faussant avec tant de perfidie ton antique patriotisme et tes jeunes aspirations démocratiques!

Pourquoi faut-il que tu te sois livrée à un aventurier affublé d'un nom retentissant de gloire, qui, après avoir surpris, égorgé, parjuré à la république, s'entoura de mercenaires pour le défendre, de vils et sinistres faquins pour composer sa Cour; répandit l'or à pleines mains pour rattacher à son trône toutes les ignominies de la cupidité; couvrit ta terre hospitalière des noirs essaims du fanatisme; et parvint enfin à corrompre ton sang pur et généreux, t'étiola, et te laissa presque annéantie, alors que l'invasion traînant à sa suite un million de Germains, s'avançant sur ta terre riante aux lueurs des villes et des villages en flammes, aux cris de douleur et de rage des populations massacrées.... Tu n'eus plus, ô France, la puissance de saisir d'une main forte et de faire reluire au soleil de la liberté, cette épée redoutable qui te sauva en 1793?

Cette page de l'histoire d'une grande nation restera une leçon terrible, pour les peuples qui laisseraient étouffer en eux l'amour des grandes choses, de la

Patrie, de la justice et de la vertu ! dégradés qu'ils seraient par le joug d'une longue tyrannie.

Chute immense ! et qui paraît implacable ; épouvantable cataclysme dans l'ordre moral !

Elle en est donc arrivée là, la nation qui donna à l'humanité des génies comme Rabelais, Montaigne, Descartes, Pascal, Montesquieu, Voltaire, Rousseau, Diderot, d'Alembert, Condorcet, Mirabeau, Châteaubriand et Victor Hugo !!

La nation qui la première proclama aux grondements terribles d'un orage sans égal, les droits de l'homme, est obligée, en 1871, de signer la paix avec la Prusse ; de reconnaître le principe de cession territoriale et de s'incliner frémissante d'indignation devant cette maxime : la force prime le droit !

Peuple, réfléchis, pense et travaille, il en est temps encore...

Mais n'oublie pas que tes frontières ne t'appartiennent plus ;

Que deux de tes provinces les plus patriotiques comme les plus éprouvées, sont devenues la proie de l'ennemi ;

Que la citadelle vierge et redoutable, qui, *hier* encore se dressait menaçante, gardienne de ton sol en face de l'Allemagne ;

Que Metz, enfin ! ta fière forteresse, a disparu

dans la sombre tourmente, que la haine de l'Allemagne, d'accord avec la trahison, avait déchaînée contre elle....

Peuple, courage, espérance, ton but est grand ; que la ville violée, que l'antique pucelle, te rappelle aux sentiments vigoureux du devoir, qu'elle devienne avec Strasbourg, son héroïque sœur, le drapeau de ton patriotisme ! le signal et le but de ta régénération.

SINON TU PÉRIRAS.

CHAPITRE II

LE XIXe SIÈCLE DEVANT LA POSTÉRITÉ

> Déjà la colère des Dieux s'est
> manifestée : la nature a donné le
> signal de la discorde ; elle a inter-
> rompu son cours , et , par un pres-
> sentiment de l'avenir, elle s est
> plongée elle-même dans ce tumulte
> qui engendre des monstres.
>
> (Lucain, *Pharsale.*)

Qui pourrait dire où le XIXe siècle conduira l'humanité ?

L'aura-t-il perfectionnée, avancée dans la voie du progrès ?

Ou bien plutôt lui aura-t-il nui, lui aura-t-il posé

des entraves à travers de la route qu'elle allait par-
courant?

Grandes et graves questions, et dont les solutions
m'apparaissent pour l'avenir du monde, sombres et
terribles de conséquences.

Nous qui faisons partie de ce XIXe siècle, regar-
dons-le attentivement, rentrons en nous-mêmes,
réfléchissons, et tâchons de nous figurer le monument
qu'il laissera à l'admiration ou à la reconnaissance
des siècles futurs.

Il leur aura, d'abord, donné cet exemple funeste :
le despotisme rendu triomphant dans un siècle plein
de lumières : le despotisme sanglant et glorieux des
premiers Césars, et le despotisme crapuleux des
Néron et des Caligula.

Il les étonnera, les siècles futurs, par notre
élévation après la proclamation des droits de l'homme,
et notre chute immense après les Napoléons.

Ils ne pourront allier tant de grandeurs avec tant
de bassesses.

Nous arriverons aux yeux de l'histoire, comme
un peuple qui a accompli de grandes choses plutôt
par enthousiasme que par un amour ardent de la
justice ; puisqu'à peine cet enthousiasme éteint, nous
perdons subitement l'idée de tout ce que nous venons
de construire et d'élever si majestueusement ; et

alors, nous nous livrons sans respect même pour les grands exemples que nous avons donnés au monde, et que nous devrions soutenir éternellement en vue du triomphe de la cause pour laquelle nous avons combattu ; nous nous livrons à la gloire vaine, sanglante et despotique, qui, d'un seul coup, vient faire crouler le gigantesque monument que nous avions dressé avec tant de peine et de gloire : la Révolution.

Oui ! que penseront les peuples dans l'avenir, d'une telle différence de pensées et d'actes ?

Et surtout, lorsqu'ils nous verront sous le second César, devenir avec tant de facilité, vil, railleur, avide d'or, de plaisirs, tout plein de jactance, n'ayant plus du courage que le dehors que nous faisons ressortir bruyamment, parlant avec frénésie de liberté, de droits du peuple, et ne pratiquant rien de ce que ces grands mots renferment de devoirs sacrés : tournant agréablement en ridicule l'antiquité, que nous ne comprenons plus dans notre bassesse, et dont nous ne pouvons plus suivre le majestueux exemple ; nous attacher avec persistance aux choses les plus frivoles, les plus corrompues, les plus indignes de l'homme ; enfin, donner à nos descendants le spectacle de la dégradation la plus misérable, de la décadence la plus profonde et la plus fangeuse ; qu'en pensera l'humanité ?

Au philosophe, nous ferons porter sur l'humanité les jugements les plus injustes et les plus dangereux ; au penseur, nous ferons dire que notre nature encline aux vices nous a bientôt corrompus au physique comme au moral ; que notre corruption a rendu notre entendement étroit ; que nos pensées sont devenues mesquines et viles comme nos actes ; à l'historien, que l'amour du changement, un caractère mobile et un tempérament enthousiaste, ont seuls été la cause de nos révolutîons politiques.

Enfin, les peuples, ceux pour le bonheur et l'agrandissement moral et social desquels nous devions travailler, liront avec tristesse notre histoire.

Nous ne leur aurons pas fourni de grands exemples pour les enthousiasmer et créer des génies, car nous aurons tout renversé, tout ce que nous avions construit de beau dans notre abîme profond.

Nous n'aurions dû jamais oublier que les Romains n'ont atteint leur grande élévation que sous la république, qui seule peut ennoblir l'âme et donner des mœurs austères ; mais que du jour où ils acclamèrent leur premier empereur, ce jour-là, les fiers Romains commencèrent à abandonner ce qui les avait, autant et plus que leurs armes, rendus redoutables, dans le monde : l'amour de la Liberté, de la Patrie, leurs vertus antiques et sévères.

Ils s'étaient élevés si haut pourtant, que jusque dans leur décadence, ils conservèrent encore un reste de grandeur.

Les Spartiates, grands dans leur vie, grands dans leur décadence, sont tombés en laissant au monde l'exemple sublime, immortel, d'un peuple héroïque, vertueux, aux mœurs pures.

Quant à nous, notre chute est tellement profonde, qu'il semble qu'elle ne nous ait rien laissé ; rien, de la grandeur de nos pères, puisque l'évènement qui l'aura précipitée, nous aura, d'un seul coup, horriblement transformés au physique comme au moral.

CHAPITRE III

DÉCADENCE DU PEUPLE & DE LA NOBLESSE

Décadence de la Grèce ?

Elle est tombée parceque ce peuple resta toujours divisé, et que ses villes ne voulurent jamais s'unir de manière à former un tout puissant état, qui eut tout bravé, et que les Grecs, devenus riches et puissants, oublièrent les vertus qui leur avaient donné cette grandeur : l'amour de la patrie, le respect de soi-même.

L'amour de l'or déprava tout. Dans la Grèce des derniers temps, il n'y avait plus de citoyens, à peine des hommes. On n'estimait plus qu'un mérite, celui de s'enrichir par n'importe quel moyen ; on n'adorait plus qu'un Dieu : le plaisir. « La patrie ! dit un poète de cette triste époque, elle est où on est bien. »

Voilà pourquoi la Macédoine, puis les Romains, eurent si bon marché de ces Grecs dégénérés.　　　　(V. Duruy.)

Pour s'apercevoir de ce profond abaissement de l'esprit humain en France au XIXe siècle, il ne faut pas s'enfermer dans le cercle étroit et dangereux des partis ; il faut les briser tous, il faut les dominer ;

et c'est en planant haut, c'est en les réunissant tous sous le même coup-d'œil, que l'on a le désolant spectacle d'un peuple qui se décompose, attaqué, rongé dans son intelligence et dans son cœur.

En vain, désespéré, effrayé par cet affreux tableau, vous invoquez à vous le grand passé, les grands hommes, les grandes actions de la France ; le fait est là, dans toute sa monstruosité et son horreur ; et toutes ces sublimes images que vous appelez à vous, ne servent, hélas! qu'à mieux vous faire entrevoir la profondeur de l'abîme dans lequel nous sommes tombés.

Descendez au milieu de ce foyer de décomposition morale ; quelles horribles clameurs vous déchirent et vous étouffent !

Partout vous n'entendez que reproches amères.

Ici, c'est le républicain qui, avec véhémence accuse les royalistes, les paysans, la religion, d'être la cause des maux que nous souffrons aujourd'hui ; là, c'est le royaliste, le croyant, qui impute au rictus de Voltaire l'effondrement des principes, le mépris des traditions et qui s'en va prêcher partout, avec les tonnerres du droit divin, les éclairs du mysticisme, que les malheurs qui frappent aujourd'hui la Patrie, sont les commencements de la punition qu'un Dieu courroucé inflige à un peuple impie !

On ne se ménage rien, on ne se voile rien; tout est révélé, démasqué impitoyablement; les fautes, les trahisons, les crimes sont misérablement, maladroitement, mis à nu au grand soleil : on est sans pitié ; on est cruel, mais sans énergie et sans grandeur : **hier** incriminé aujourd'hui, exhume son passé et parle avec une voix de fausset d'en continuer toutes les gloires, oubliant que la foi qui les créa était une foi robuste, qui vivait là où elle doit vivre, — dans l'âme et non sur les lèvres !

Sans programme défini, sans expérience, sans monument, sans légende historique : **aujourd'hui,** montant sur le sommet de la science et de la philosophie modernes, repousse brutalement **hier** en lui montrant l'avenir.

Mais plus imbu qu'il ne le croit des attaches d'un passé qui le touche encore de si près, **aujourd'hui,** ce malingre est sombre enfant d'une révolution sanglante; les membres déjà brisés, meurtris, des coups qu'il a reçus en combattant pour faire respecter et revivre la mémoire de sa mère; **aujourd'hui!** tâtonne en cherchant sa voie à travers le monde que sa naissance a ébranlée; et lorsqu'il croit l'avoir trouvée, il tremble, il a le vertige : inquiet de son audace, il cherche à se la faire pardonner, et au lieu d'innover, il s'empresse de pasticher ce qu'il craint, ce qu'il hait !

L'air qui lui donne la vie est lourd, malsain, aussi sa face est-elle livide à peine si son œil brille, car les courants mystérieux qui lui permettent de respirer encore, sont des courants ennemis déchaînés par la foi et la libre pensée : pour lutter contre ces deux violences, ces deux forces, le tempérament lui manque pour en terrasser une et s'affranchir définitivement soit de l'étreinte du vieux monde, soit des séductions du nouveau !

Il a si peur de tirer la flamme et le souffle de son propre foyer, qu'à peine né il se réclame déjà d'une tradition, qu'il parodie mieux qu'il ne la continue.

1789 l'accable de son exemple, et l'enchaîne plus qu'il ne le délivre ; aussi semble-t-il rester en place, lui, dont la devise est d'aller en avant.

Le monde anxieux le regarde... et attend. Son attitude l'épouvante et le bouleverse, car il se penche sur des abîmes que personne encore n'a osé ou pu franchir.

L'on sait bien qu'au-delà se trouve dressée, redoutable ou sublime, une mort terrible ou une nouvelle vie.

Mais en attendant que la vérité sorte de ces grands inconnus, comme tout se trouve perdu dans le tourbillon fangeux qui s'amasse en ce moment sous nos pieds, c'en est fait, on ne possède plus le langage imposant de nos pères, leurs paroles superbes, enflammées, enthousiastes, frémissantes de sainte colère !

Non ! à cela a succédé un langage mesquin, exigé par la politique la plus étroite, la fourberie la plus large ; aujourd'hui l'on remplace les paroles de feu, les éclairs de pensées, par l'arme favorite du siècle, la seule maintenant que nous sachions bien manier : la raillerie sans pitié, le ridicule sans respect même pour le génie !

Oui ! signe repoussant de ce siècle, et qui soulève le cœur d'un insurmontable dégoût, la raillerie, voilà notre tonnerre, la foudre que l'on se lance pour s'écraser.

Jadis, sous la Révolution, lorsque Robespierre parlait à l'assemblée nationale, lorsque Mirabeau et Danton y tonnaient, pour vaincre leurs adversaires ils n'employaient pas le langage spirituel et habilement captieux de nos orateurs d'aujourd'hui ; ils ne se tournaient point agréablement en ridicule ; non ! car ils avaient d'eux-mêmes une trop grande idée, ils se voyaient trop imposants pour employer des armes si misérables ; c'est par des traits de flammes grandioses, sublimes, qu'ils voulaient persuader, entraîner ; ils aimaient à se foudroyer.

Dans cette grande époque de 1789 partout régnait

le même esprit sublime : foudre à la tribune , foudre dans la presse , foudre dans l'armée , chez le peuple , foudre dans les actions !

Aujourd'hui , ô ! ombres de Vergniaux, de Danton, de Carnot et de Hoche , quelle platitude ! Et ce sont vos fils !...

Jetez les yeux sur cette assemblée nationale , et écoutez, illustres revendicateurs des droits de la Patrie et de la liberté ! quelle discussion s'y agite ?

La plus terrible , la plus douloureuse qui puisse assombrir et soulever une grande nation : discuter une paix qui humilie la France , la ruine , la démembre , la désarme , et cherche à lui ôter les moyens de s'en relever jamais !

Ah ! si cette paix vous avait été soumise , à vous vainqueurs de l'Europe coalisée contre la République, comme vous auriez tonné et fait bondir la France de rage et de vengeance ! quel grand souffle patriotique vous auriez déchaîné sur la France menacée !

Quelle tempête vous auriez suscitée contre l'ennemi !

Mais vous n'en étiez pas réduits à cette extrémité !

La victoire, invoquée par vous , écrasa les ennemis de la France et de la liberté ; et ce jour-là vous sauvâtes en même temps votre pays et la civilisation du monde.

Voyez-vous cet orateur monté à la tribune ?

Ah! ce ne sont pas des éclairs qui en jailliront!

Dans un langage inspiré par la nation qui agonise, on vient d'un ton suppliant implorer la paix!

Que sera-ce donc, si vous jetez les yeux sur les feuilles que la presse, dont le devoir est d'éclairer le peuple, répand avec profusion?

Quelle ignominie, quelle bave injurieuse, quelle ironie cruelle y éclatent à chaque ligne; voilà comment elle combat pour et contre la liberté, c'est ainsi qu'elle réfute les génies!

Ne se sentant plus la force d'ébranler des chênes, elle rira de ses branches tordues!

Partout enfin le même esprit, à la tribune, chez le peuple, dans l'armée, partout le dépérissement de la pensée, le manque de grandeur dans les actes!

L'idée et l'énergie chancellent au lieu de se redresser superbes sous le coup d'évènements terribles et grandioses.

Plus de géants, mais partout des nains qui veulent les contrefaire.

Aujourd'hui, regardez ces hommes, débris de votre grandeur.

Entendez-vous les furieuses clameurs de ces législateurs passionnés étouffant la voix de l'illustre poète; voyez-vous ce vieux guerrier rougissant sous leurs insultes?

Et ces bourdonnements rieurs, ces cris, ces injures ?

Hélas, les quelques voix qui pouvaient encore tonner n'ayant pu se faire entendre , s'exilent volontairement.

La désillusion est partout , l'éloquence retentit sur les plages désertes ou dans les feuilles étrangères ; les convictions, redoutant le soleil qui les fait briller, s'étiolent et désespèrent ; la virilité elle aussi s'use dans l'ombre , et menace de périr, si l'on tarde plus longtemps de placer sous ses yeux la sanglante image de la Patrie mutilée, avec l'exemple des grandes vertus civiques qui doivent préparer la vengeance et le triomphe de la liberté.

Et que croyez-vous qu'un pareil peuple laissera au monde ?

Quelle sera donc la flamme créatrice qui, sortant de son sein , jettera sur la postérité toute la magnificence de ses sublimes reflets ?...

Peut-on espérer qu'il laissera et créera quelque chose, lorsqu'il paraît vouloir tout détruire, et courir à l'immortalité en commettant le crime d'Erostrate ?

Peut-on croire que s'il est destiné à périr, il saura tomber comme les Romains, lorsqu'on le voit en plein XIXᵉ siècle se livrer aux saturnales babyloniennes sur les ruines de la cité superbe , capitale du monde par les arts et la pensée !

Ah ! si l'on entendait une voix puissante sortir un jour de cette malheureuse foule, une de ces voix majestueuses qui commandent le respect et imposent le silence, et qui s'écrirait :

Cesse, peuple vil, tes bourdonnements railleurs, fais trêve un instant à tes plaisanteries et à tes chants moqueurs ; écoute un peu le langage d'autrefois, et rappelle-toi le tonnerre de tes pères !

Tu pâlis, tu t'effrayes, et tu t'apprêtes aussi à siffler celui qui ose te parler un langage si méprisant ; va tu n'as plus rien de viril, et tu es profondément corrompu !

Tu as vicié le sang des vieux Gaulois qui bouillonnait dans tes veines ; et maintenant le moindre souffle qui passe te fait perdre l'équilibre.

Tes pères restaient de marbre, eux, sous les plus formidables rafales !

Mais toi, quel peuple malingre tu fais !

Républicains, royalistes, catholiques et philosophes, cessez pour un instant de vous déchirer, de vous mordre hargneusement ; regardez, regardez la mère Patrie, et tendez-vous la main ; ah! puissiez-vous bientôt comprendre que tout ce que vous faites n'est pas plus digne des fils des colosses de 1793, que des descendants des preux héroïques de la croisade.

Écoutez : républicains, vous sur lesquels la France fondait ses plus grandes espérances, vous n'avez donné aucun vigoureux champion à la liberté, aucun tribun au peuple, aucun homme à la Patrie! vous n'avez rien renversé, rien fondé!

Avez-vous pu, conséquents avec le radicalisme de vos principes, vous souvenant des Danton, des Saint-Just, avez-vous pu soutenir le regard perçant du corse, meurtrier de la république ? Quel Brutus, quel Caïus est sorti de votre sein, armé d'un fer vengeur, pour délivrer le monde de ce César naissant ? Aucun !

Vous avez craint, avouez-le; vous avez eu peur; vous l'avez laissé réussir dans ses projets inouïs d'ambition, qu'il ne pouvait satisfaire qu'en répandant le sang pur des républicains, des volontaires de 1789 ; sang, qui n'aurait dù couler que pour le triomphe des grandes idées de liberté.

Enfin, quand le despote est tombé sous les coups de l'Europe coalisée, êtes-vous intervenus, avez vous su rappeler au peuple ces merveilles de 1792?

Non! toujours vous vous êtes tù, fils des éloquents et braves Girondins! vous les fils des austères et farouches Jacobins!

Pourtant, trois jours durant, vous avez donné quelques traces de votre ancienne force; puis.. vous vous êtes rendormis!

Et quand a paru le Néron moderne, qu'avez-vous fait ? quel Harmondius s'est proposé pour en purger le monde ? vous vous taisiez encore.

Et alors, vingt ans durant vous avez été lâches, vingt ans durant il a pesé sur vous ; vingt ans durant vous vous êtes laissé avilir, battre comme des esclaves grecs, vous, les fils de ces hommes gigantesques qui proclamèrent le droit de l'homme.

Et, maintenant, vos os se rongent.

Enfin ! honte éternelle, l'invasion ! l'invasion de 1870 ! l'avez-vous combattue ? Ah ! si vous l'aviez combattue comme vos pères en 1792... vous l'auriez terrassée, repoussée, mais vous pensiez aux choses vaines lorsque vos pieds étaient dans la boue des champs de bataille et qu'il vous fallait apprendre à vaincre ou à mourir.

Quel Danton prêchant l'audace, quel Carnot organisant la victoire, quel Saint-Just enthousiasmant les armées, quel Hoche gagnant des batailles, quelles armées invincibles avez-vous donc opposées à l'invasion prussienne ?

Rien, si ce n'est un génie à la parole de feu, dont la conviction sublime fut noyée dans la désespérance générale ; rien n'est sorti de vous que des tribuns hurlant mais ne tonnant pas ; et malgré vos bruyantes clameurs et les plus grands souvenirs évoqués, la France fut vaincue, écrasée par l'invasion.

Vous voyez bien que vous n'êtes que des nains, et n'étiez pas de taille à sauver la Patrie !

Et vous, royalistes, descendants des preux de la croisade qui arrosèrent de leur sang la terre de la Palestine, descendants de cette héroïque noblesse du moyen-âge qui, tant de fois, vainquit les Anglais qui foulaient notre sol ; petits-fils des vainqueurs de Fontenoy, avez-vous continué les brillantes traditions de vos pères ?

Avez-vous su conserver intact cet honneur hautain, ce courage superbe qui caractérisait votre vieille chevalerie ?

Vous, les premiers, vous vous êtes corrompus ; vous, les premiers, vous avez corrompu la France.

Vous n'avez plus conservé des grandes vertus de vos pères qu'un pâle reflet d'orgueil prêt à disparaître sous le faux éclat d'une vanité misérable ; vous avez remplacé leur foi naïve et poétique, par le culte du jésuitisme et tout l'esprit politique qui en est la conséquence ; leur grand courage par d'exquises fanfaronades ; et lorsque la révolution est venue secouer la vieille France, vous avez disparu dans la tempête, laissant seulement pour la braver une poignée de héros ; assez peut-être pour sauver votre honneur, trop peu pour sauver le trône de votre roi ! et tandis qu'ils mouraient, eux! les murs de Coblentz vous prêtaient leurs ombres.... C'est là, qu'aiguisant vos haines vous lanciez contre la France envahie par l'Europe coalisée, non la flamme de votre patriotisme, mais tout le fiel de vos rancunes et de vos déceptions?

C'est là que, méprisant le grand avertissement que vous donnait la révolution, vous dédaigniez de faire alliance avec elle, moins parce qu'elle remettait en question votre foi, votre conviction, que parce qu'elle atteignait, sur un sommet que jusqu'alors vous aviez cru inaccessible, votre immense orgueil, et tous les nombreux priviléges qu'il avait enfantés?

A ce moment il vous a plu, dissimulant votre colère mesquine sous le voile de la religion, de ne point vouloir compter avec la marche de l'humanité, de nier ses progrès, et de déclarer à la face du monde féodal — qui ne pouvait qu'applaudir, — qu'en dehors de vos principes et de l'essence divine qui les couronnait, rien n'était possible, rien n'était à faire.

Forts de vos dix-huit siècles de ténèbres et d'ignorance profonde, vous osiez impudemment jeter un tel défi.... à une révolution toute étincelante des lumières de l'Encyclopédie !

Vous osiez, vous, que ces pures lumières pénétraient, vous osiez en nier la chaleur bienfaisante —

pensant que la multitude se décomposerait sous l'action de ses rayons !

Comme vous étiez vains et petits de penser que votre être était fait d'une essence particulière à celle du peuple ?

Aussi, comme vous étiez coupables.

Comme vous étiez coupables lorsque les secrets élans de votre cœur vous poussaient à suivre la révolution, à sauver sa grande idée, sa justice, de l'étreinte sanglante, que seule lui faisait votre triste hostilité ; comme vous étiez coupables de ne point lui tendre résolûment la main, et de n'écouter que les conseils de votre orgueil blessé et de votre égoïsme alarmé !

Pourtant, plus tard, comme cette révolution tant dédaignée revenait implacablement sur votre chemin, vous prites le parti de bien l'embrasser chaque fois qu'elle se présenterait devant vous, afin de pouvoir mieux l'étouffer au moment opportun.

Depuis longtemps, toute la force de votre politique repose sur de tels moyens ; Machiavel vous inspire plus que votre patriotisme le triomphe de votre parti, tout est là... la France vient après.

Il vous a plu de croire que la société ne pouvait marcher, construire, que sur le terrain préparé par votre philosophie ; d'imaginer qu'une misère incons-

ciente est moins un danger pour votre existence,
qu'une misère instruite pouvant mesurer l'étendue de
ses souffrances.

Il vous a paru nécessaire d'enseigner l'ignorance,
de bâillonner l'intelligence dans une certaine limite,
tout cela, dites-vous, dans votre doctrine !
pour contenir les passions humaines et sauver la
société, en mettant hors de son jugement, de son
contrôle, les misères qui l'accablent et qu'elle ne
saurait éviter.

Il vous a plu de croire pour votre tranquillité en
ce monde, que vous aviez raison, toujours raison,
et jamais votre esprit aiguillonné par votre cœur n'a
voulu une bonne fois se pencher sur les épouvantables
souffrances qui torturent l'humanité ; tout d'une pièce
vous avez jugé plus simple de les trouver incurables,
et qu'il était bien inutile d'y porter une main cha-
ritable qui, loin de les soulager, ne pouvait que les
exciter.

Aussi, réfugiés sur ces hauteurs de sombre philosophie — il vous a été permis de vous donner le mérite et l'honneur d'une conscience, — et de rester
impassibles en voyant le peuple à vos pieds, pleurer
des malheurs qui l'accablent.

Enfin, il vous a plu, vous, pauvres mortels, de
vouloir empêcher que l'océan des foules ne montât

jamais jusqu'à vous, il vous a plu de lui assigner des limites lorsque le plus simple des devoirs vous ordonnait de lui élargir son lit; aussi pour vouloir tout contenir, violenter la nature même, peut-être heurté les desseins de Dieu, vous avez eu à subir dans des journées néfastes les tempêtes les plus épouvantables que la colère populaire puisse déchaîner!

Au lendemain de ces terribles orages qui avaient ébranlé votre demeure, meurtri votre personne, vous avez, ne pouvant d'un seul coup repousser cette mer encore toute mugissante, jeté dans ce sombre océan — un poison qui doit l'altérer — sinon le dissoudre.... Ce poison — s'appelle l'idée sociale; poison trouvé par vous pour tuer 1789.

Ne pouvant vaincre votre ennemi, vous voulez qu'il se détruise lui-même, et cet ennemi c'est un monde ; direz-vous encore que c'est par amour de l'humanité que vous agissez ainsi.

Vous, les premiers, vous dis-je, avez corrompu la France!

Comment, vous la noblesse de Clovis, de Charlemagne, de saint Louis, de Louis XI, d'Henri IV, de François Ier et de Louis XIV! Comment vous êtes-vous inspirés de vos dix-huit siècles d'imposantes traditions et de toutes ces figures éblouissantes de foi et de patriotisme ?

Qu'avez-vous su faire, qu'avez-vous su dire, lorsque l'invasion prussienne de 1870.... est venue ravager votre beau pays de France?

Quel Bayard, quel Duguesclin, quel Catinat avez-vous donc donné à la Patrie?

Avez-vous dans ces journées à jamais funestes pour la gloire de notre pays, avez-vous retrouvé cette ardeur chevaleresque qui sauva la France monarchique sur tant de champs de bataille?

Non, non! c'est qu'en sauvant la France vous sauviez la république — noblesse héroïque — votre patriotisme n'allait pas jusque-là.... Vous voyez donc bien que, vous aussi, vous étiez devenus malingres, petits et vulgaires, et n'étiez plus de taille à sauver la Patrie.

CHAPITRE IV

DÉCADENCE DE LA BOURGEOISIE

> La glorieuse bourgeoisie qui brisa le
> moyen-âge et fit notre première révolu-
> tion au XIVe siècle, eût ce caractère par-
> ticulier d'être une initiation rapide du
> peuple à la noblesse.
>
> Elle fut moins encore une classe qu'un
> passage, un degré. Puis ayant fait son
> œuvre, une noblesse nouvelle et une
> royauté nouvelle, elle perdit sa mobilité,
> se stéréotypa, et resta une classe trop
> souvent ridicule.　　　　(MICHELET.)

Si depuis longtemps la bourgeoisie ne répétait pas
sur tous les tons que la république est bien, à son avis,
une forme excellente de gouvernement.... Mais....
que pour la fonder une chose manquera probablement

toujonrs : les républicains ! si elle s'obstinait moins à prononcer d'un air profond cette phrase toute faite que l'église et la royauté lui apprennent avec tant de complaisance et d'apparente bonne foi ?

La république depuis longtemps déjà gouvernerait la France , et prouverait à ses ennemis qu'elle peut vivre ailleurs que dans le cerveau d⁻s énergumènes et des rêveurs.

Mais la bourgeoisie, qui s'honore de représenter les aspirations de la société , sinon les plus élevées , du moins les plus honnêtes, qui se flatte de réconcilier la royauté avec la démocratie, qui jouit du privilége de coudoyer journellement, sans les froisser, la pauvreté et la richesse ; qui, enfin, pour toutes ces raisons, semble être désignée pour amener l'union du peuple avec la noblesse....

La bourgeoisie, qu'elle le sache bien, a dépassé le but que sa grande situation au milieu de ces deux classes, lui faisait simplement un devoir d'atteindre.

Préférer les tempétes de la liberté au calme de la servitude, étreindre résolûment la question sociale et l'idée religieuse au point de vue de la vérité, de la justice, et nullement pour le profit d'une politique quelconque ; ne pactiser avec aucun parti, qui lui promettrait de bâtir l'édifice de son repos sur les ruines de la liberté ; éclairer les malédictions d'en bas, et tonner contre les mépris d'en haut ; enfin criiquer avec acharnement les derniers préjugés, en se servant pour les anéantir sans miséricorde, du langage austère de l'implacable vérité... Telle était, pour la bourgeoisie, sa grande et glorieuse mission au sein d'une société dont les plaies hideuses et les éclatantes beautés, venaient d'être brutalement mises à nu par la Révolution de 89 !

Mais à sa honte, la bourgeoisie du XIXe siècle est restée sournoisement envieuse des priviléges surannés de l'aristocratie, qu'elle s'obstine quand même à maintenir, dans le secret espoir qu'un jour peut-être... elle pourra en jouir à son tour?

Prenant le masque du libéralisme uniquement par crainte du droit divin et soif du pouvoir, cette tartufe révolutionnaire s'ingéniant à flatter la foule avec qui elle vit, revendique bien haut 89.... et se drape majestueusement dans les immortels principes qu'elle redoute tout autant que ceux de la légitimité.

Hermaphrodite de 89 ! quelque chose du lion et du renard ; elle espère cacher son infirmité sous des vêtements d'emprunt dont les couleurs peu tranchantes, lui ont permis jusqu'à ce jour, de circuler partout sans exciter l'étonnement de personne... son ambition c'est de croire qu'elle pourra créer, son erreur de ne pas vouloir comprendre que telle qu'elle est faite elle n'arrivera jamais, si elle produit quelque chose, qu'à mettre au monde un être difforme, malingre, destiné fatalement à périr faute de pouvoir respirer largement l'air vif de la liberté, ou bien l'air lourd du despotisme.

Méprisant la place publique aux jours des crises nationales, la bourgeoisie explique ce dédain en montrant avec orgueil son foyer qu'elle s'honore de chérir plus que l'humanité toute entière.... Aussi, trop égoïste pour entreprendre de planter des arbres qui ne donneraient de l'ombrage qu'à sa génération, n'a-t-elle jamais compris qu'elle était le principal agent destructeur de son foyer, de sa religion, pour n'avoir toujours porté que sur eux seuls, les yeux de son esprit et de son cœur ; le présent l'absorbe à un tel point qu'elle en est arrivée à considérer l'avenir sinon comme une chimère, au moins comme une poésie indigne de fixer un seul instant son attention.

Elle n'a jamais compris que l'esprit conservateur dont elle se vante tant, n'était tout simplement qu'un esprit de surface, cachant sous le sérieux de la forme, la fragilité du fond.

Mais quand donc, ô race moutonnière... et timide ! Quand donc, comprendras-tu que tu es condamné à périr, à tomber dans la servitude, si tu t'obstines plus longtemps à vouloir vivre chez toi ; à ne pas mettre en pratique les devoirs civiques ; à repousser enfin le sublime principe de solidarité humaine, qui commande à tout homme de travailler avec orgueil et sans relâche : *au monument de l'avenir ?*

Ah ! si dans ces temps de malheur et d'effondrement moral, alors que la patrie est prête à succomber sous les coups de l'invasion et de ses propres enfants ! Si tu pouvais comprendre que ton plus grand ennemi c'est toi-même ; si tu voulais, reconnaissant tes fautes sinon tes crimes, convenir, avouer, que jusqu'ici tu n'as eu du courage que pour creuser l'abime d'où sortirent tous nos maux ; le peuple dont tu t'es défié, autant par mollesse que par égoïsme, toucherait au terme de ses revendications, c'est-à-dire de ses misères, et commencerait enfin la grande halte dans le champ fertile de la liberté.

Mais, hélas ! tu te tais, et tes yeux inquiets tournés vers la monarchie disent trop ce que ton langage hésite encore à balbutier.

Qui dira si c'est l'orgueil, la peur ou l'aveuglement qui t'empêche de tendre la main à la République ? Qui dira ce que l'avenir nous réserve si cette fois encore tu étouffes la République à son berceau ?

Ah ! n'est-ce pas une effroyable chose que de pouvoir imputer à ta lâche inertie, à ta hideuse passion du lucre, vingt ans d'empire et, comme couronnement à cette honte, les malheurs inouïs qui accablent, détruisent et dévorent Paris ?...

Oseras-tu nier qu'au début de la tempête tu as fuis et laissé le champ libre à ceux que tu maudis aujourd'hui ?

Oseras-tu nier que pendant l'accomplissement de ces horribles évènements, devant eux tes vœux et ton attitude étaient louches ?

Oseras-tu nier que tu caressais toutes les espérances et trouvais moyen de rester comme un sphinx devant la révolte et le suffrage universel ; devant l'illégalité et la légalité ?

Non ! tu ne nieras pas ! tu ne pourras pas nier au milieu des bouleversements qui de toutes parts font craquer l'édifice social, au milieu de l'horrible nuit qui l'enveloppe, au milieu de l'épouvantement des âmes qui vont y chercher un abri, tu ne pourras pas nier que c'est toi qui donnas au peuple le poignard qui te tue, la torche qui t'incendie ; lorsque celui-ci, abandonné par toi, livré à tous les désespoirs, convié à toutes les espérances, t'impose la guerre pour la tyrannie ou la révolution pour la liberté !

Va ces luttes, ces crimes qui déshonorent l'humanité, la postérité dira que toi seul les a préparés.

Quoi ! cette désolante méfiance, cette épouvantable dureté de cœur vis-à-vis de tes semblables, penses-tu donc que tu les auras expliqués, excusés, en parlant de Dieu avec une pompeuse affectation, et des hommes avec une pitié dédaigneuse ; comme s'il était possible que tu puisses croire sincèrement à l'un, sans croire sincèrement aux autres.

Tu pouvais pourtant être la clef de voûte de l'édifice social, mais par tes défiances et surtout par suite de ton manque de grandeur civique, tu es devenu insensiblement l'idée dissolvante qui le mine et l'ébranle.

Frémissant d'être la gardienne et l'initatrice des principes de 89... tu feins effrontément de vouloir encore les propager, jusqu'au jour où tu te sentiras assez puissante pour oser les placer sous la sauvegarde de la royauté.

Pourrais-tu jurer d'avoir une bonne fois tenté loyalement l'épreuve de la République ? Eus-tu jamais réellement ce courage, qui te laissait l'honneur et te donnait le droit de faire la révolution à ton image, en empêchant par là qu'un jour elle puisse se faire contre toi ?

Va ! la plus sanglante critique qui puisse t'être adressée, c'est d'avoir sacrifié au triomphe de ton égoïsme et de ta vanité les plus belles croyances qui puissent honorer l'humanité.... de t'être fait un horizon de ta boutique, un monde de tes intérêts, de ta

religion une politique mesquine, de ton patriotisme
une ardeur qui finit là où commence l'attaque de ta
propriété, de ta littérature une philosophie prenant
naissance à Voltaire pour venir expirer aux *Débats*;
de n'avoir rien créer si ce n'est tes enfants ; de ne
connaître que deux traditions : l'une épique et sanglante... l'Homme à la redingote grise; l'autre
prosaïque, étincelante d'or; Louis-Philippe, le roi
marchand; enfin de n'avoir eu qu'un but.... le comte
de Paris.... et qu'une loi que tu as toujours observée
religieusement, proverbe inventé par tes pères et
cloué au fond de ton cœur avec un pieux respect....
ce proverbe te résume tout entier, il t'éblouit, il est
ton phare éclairant en plein ta maigre philosophie,
ta petite politique, sur lesquelles le penseur terrifié
lit ces mots :

Chacun pour soi et Dieu pour tous.

Jusqu'à ce jour, tu t'es autant réclamée de la monarchie moins par amour pour elle que pour te donner
aux yeux de l'Europe et de la multitude un grand
air de capacité politique, et surtout dans le but de
mettre tes maisons à l'abri des orages de la révolution.

Ce que tu veux, bourgeoisie du *céleste* empire,
c'est un gouvernement aimable pastichant toutes les

formes libérales des gouvernements constitutionnels,
à la condition qu'il ne leur empruntera rien de leurs
bases fondamentales sur lesquelles repose d'aplomb
la véritable liberté !

Ce que tu veux, c'est un gouvernement à ton
image avec l'étroitesse de tes vues, n'ayant pour
tout horizon politique que le présent, ton plus cher
objectif !

Ce que tu veux, ce qu'il te faut, c'est le repos d'un
jour, fût-ce au prix de la servitude de ton pays ;
c'est la nuit profonde, l'ignorance satisfaite, le main-
tien de toutes les superstitions sur lesquelles tu sais
spéculer et de toutes les vanités qui te mettent aux
genoux de celui qui sait spéculer sur toi.

Que t'importe l'avenir, il ne saurait t'épouvanter ?
que t'importe si ta mollesse le prépare gros d'orage
pour les générations futures.... tout ce que tu peux
tenter dans un dernier et suprême effort, c'est de faire
des vœux pour tes fils, au-delà tu ne vois plus rien.

Un jour viendra pourtant, inévitablement, inéxo-
rablement, où l'avenir que tu sapes avec tant de persistance pourra non-seulement crouler sur les tiens,
mais peut-être sur toi-même.... si tu tardes plus
longtemps de donner au peuple, que l'ignorance et la
misère égarent, l'exemple du désintéressement et de
toutes les vertus civiques qui en sont le couronnement.

———

CHAPITRE V

LES INSTITUTIONS & LES HOMMES

> Les politiques grecs qui vivaient
> dans le gouvernement populaire,
> ne reconnaissaient d'autre force qui
> put les soutenir, que celle de la
> vertu; ceux d'aujourd'hui ne nous
> parlent que de manufacture, de
> commerce, de finance, de richesse
> et de luxe même.
>
> (Montesquieu.)

Lorsqu'une nation se trouve fatalement placée sur la pente de la décadence, il faut bien se garder d'en rejeter uniquement toute la responsabilité sur les institutions qui l'ont régie, et de ne chercher qu'en elles seules la cause déterminante d'une telle chûte.

S'il appartient aux institutions de donner l'élan,

l'impulsion, la loi à tout un peuple et de le placer sans l'en avertir sur une voie où il est condamné à s'avilir et à mourir.... il appartient aux hommes, le jour où ils s'aperçoivent sur quel chemin funeste ils marchent, de dire aux institutions qui les conduisent là : Je n'irai pas plus loin ! Ensuite, et c'est là leur plus grand mérite, c'est d'employer toute leur intelligence, tout leur courage à quitter cette route honteuse où chaque pas en avant les rapproche chaque jour de l'abîme de toutes les fanges, de tous les crimes.

Les hommes donc, autant et plus que les institutions, ont la faculté de fausser, vicier, changer le tempéramment d'une nation, et par suite le pouvoir de la conduire, de l'entrainer complètement hors de sa voie.

Aussi est-il juste de rendre beaucoup plus responsable de la dégénérescence des mœurs au XIXe siècle, la généralité des hommes que les institutions plus ou moins arbitraires qui ne sont en définitif que l'ouvrage de quelques hommes.

Il faut accuser les institutions d'avoir les premières, sciemment, avec préméditation, préparé, creusé le sombre chemin de la décadence !

Mais il faut encore accuser plus sévèrement le peuple, la nation coupable de s'être laissé glisser avec tant d'abandon et de complaisance sur cette pente maudite , que, sous peine de périr , il lui faut aujourd'hui remonter au prix des plus gigantesques efforts.

Quand la France , étranglée tant de fois par des coups d'Etat, qui pour se justifier et garder le pouvoir, bouleversaient toutes les institutions et en créaient d'arbitraires, uniquement en vue du soin de leur propre sécurité ;

Quand au lendemain de toutes ces iniquités et de toutes les violences qui suivirent, alors qu'un tel spectacle répandait partout comme un éclair, la terreur et la haine sans avoir eu le temps, toutefois, d'atrophier et d'avilir les âmes...

Comment donc, les hommes qui avaient accepté sur terre la grande et périlleuse mission de venger la justice outragée ; de réveiller chez le peuple, chez les grands, le sens moral prêt à s'engourdir ; de parler de Dieu avec simplicité et douceur ; de pratiquer les devoirs civiques et toutes les mâles vertus qui s'y rattachent ;

Comment donc parlèrent, agirent, tous ces hommes, au lendemain de l'accomplissement de ces iniquités, de toutes ces hypocrisies ; alors que le crime voulait se faire appeler rédemption et qu'il fallait du courage et de la conscience pour l'appeler implacablement, sans relâche du nom d'usurpateur, le seul qu'il méritait ?

Hommes, qui vous dites représenter Dieu sur la terre, vous qui devez enseigner et pratiquer les sublimes doctrines du christianisme ; vous dont la loi est souffrance, vertu et renoncement à toutes les vanités de ce monde ; vous qui devez prêcher la concorde, la charité, révéler l'imposture et subir toutes les tortures plutôt que de s'incliner devant elle ; vous l'exemple incarné de la sagesse, de la morale humaine et de la justice divine ; vous qui êtes placés si haut que vous ébranlez, terrifiez, inquiétez le monde ; lorsqu'au lieu de flétrir, de maudire le mal, vous composez avec lui pour sauver l'Église, dites-vous ; vous qui pouvez l'enthousiasmer et raffermir sa foi chancelante lorsque sachant mourir vous volez au martyre ! vous si puissants, vous qui pouviez tant, quel Bourdaloue, quel Fenélon est venu aux jours du malheur pleurer sur nos misères, implorer Dieu de nous sauver, et lancer du haut de la chaire chrétienne les terribles paroles de vérité qui stigmatisent devant l'humanité toute entière les fourbes et les tyrans ?

Où sont vos auréoles, où donc sont vos martyrs ? Lorsqu'il fallait si peu faire pour en conquérir, si peu dire pour trouver des bourreaux ; avez-vous donné les exemples des saintes vertus qui prouvent la foi et la font briller de tout l'éclat de sa sublime beauté ?

Avez-vous, vous les bouches sacrées, attisé les lueurs de la pensée, qui font l'homme si grand dans la nature et qui, réunies, forment le brillant foyer de la civilisation ?

Dans ces jours de douleur, au moment où la foi se débat contre le doute, lorsque la patrie mutilée pleure à l'ombre de ses ruines.

Descendez en vous mêmes, vous, les pasteurs du peuple, et convenez que que vous avez été au-dessous de votre glorieuse mission ! jugez-vous, c'est là votre châtiment.

Et vous, les philosophes, les croyants, les doctrinaires, les déistes, les idéalistes, les socialistes, les politiciens, les publicistes, les moralistes, les romanciers, les pamphlétaires, les libellistes, les folliculaires, les chroniqueurs et les reporters !

Vous, les écrivains et les écrivassiers et les scribes de la presse vile ! !

Vous, les faux-penseurs, les faux-croyants !

Vous les Tartuffes des lettres, les faux bonshommes de la presse, vous les déclassés de tout ordre, de toute souche !

Vous, qui feignez, immondes orgueilleux, adroits

compilateurs, de continuer l'esprit d'une pleïade d'écrivains qui ont eu en partage le génie, le talent, la science, les convictions et les sentiments ; que des embryons tels que vous n'ont jamais possédés ?

Vous, qui guettez une place dans l'état, et prenez un air profond, un ton sentencieux pour y arriver ;

Vous qui vous faites propres, et savez si bien nettoyer tous les recoins de votre ancienne et misérable existence, le jour où vous voulez devenir des personnalités politiques et suspendre sur les dispensateurs de tous les honneurs, les prétendants à la toute-puissance, votre épée de Damoclès ... offerte à celui qui paie le plus !

Vous, le chantage raffiné, distingué, terrible ;

Vous, la bohême rangée, parvenue ;

Vous, les fruits secs, les songes creux, les échappés de l'université et des séminaires ;

Vous les airs superbes, les attitudes prophétiques, indignées, convaincues, décentes et naïves !

Vous, les Faust vulgaires, les roués élégants, les sceptiques, les Falstafs dans le Cénacle, dans les livres, dans la presse, les plumes apocalyptiques maudissant l'athéisme et toutes les passions humaines !

Vous, les épaves de toutes les basses haines, le limon des plus sombres ambitions, le rebut de tous les vices ;

Vous, les valets, les joueurs de galoubet, le chœur antique, les grands et petits thuriféraires de tout ce qui est puissant ;

Vous, les juges, les bourreaux de tout ce qui tombe pour avoir dit la vérité !

Vous, contre ceux qui vous méprisent, vous flétrissent, la meute de chacals, lâche, cruelle, sans pitié ?

Vous, les gorgés et les repus, l'égoût de tous les scandales ;

Vous, les vipères qui sifflent sur les gloires, les probités qu'on vous désigne !

Vous, qui savez si bien distiller le venin de la calomnie, répandre partout le fiel de vos noires colères, lancer l'avertissement anonyme, le trait empoisonné, le ridicule qui tue en faisant rire aux larmes ?

Vous, enfin ! qui flattez si bien avec un égal succès les beaux esprits et les médiocrités ; qui savez si grâcieusement vous faire pardonner vos délations, votre dénigrement, votre chantage et vos calomnies, par vos mots spirituels frappés au coin du bon sens, par votre raillerie fine, incisive, brillante, votre grand ton de bonne compagnie, votre apparente érudition et maigre science, et surtout par la transparence savante d'une amère et grande misanthropie d'où vous faites entrevoir le stoïcisme de vos belles âmes !

A vous, valets éhontés qui prostituez vos plumes et vendez vos consciences !

A vous appartient le sinistre rôle, la mission dégradante de trainer sur la claie de votre ignoble prose, aux acclamations et rires d'une foule stupide, les plus belles croyances, les causes les plus justes, le génie, les talents convaincus et les vieilles probités, jusqu'à tant qu'il vous plaise de le faire.... ou plutôt que l'on vous dise.... c'est assez !

A vous donc, race de pieds-plats et de ventripotants des lettres ;

A vous le crime ;

A vous la honte, d'avoir, avec vos instincts vils, vos appétits vils, votre talent et vos ambitions vils ;

A vous, la honte d'avoir pensé, écrit, agi.... pour dégrader, abêtir et corrompre les hommes.

Presse vile.... trop longtemps, la presse honnête, éclairée, celle qui considère l'art d'écrire comme un glorieux sacerdoce, une périlleuse mission, non comme un métier, s'est laissée circonvenir, déborder, épouvanter par tes honteuses manœuvres et toutes tes hypocrisies !

Trop longtemps, son silence à ton égard a passé près du public, comme un acquiescement tacite à ta politique infâme, politique dont tout le système repose sur une vaste corruption, et que des écrivains honnêtes ont eu la faiblesse de ne point démasquer en plein soleil alors qu'ils venaient d'en pénétrer l'esprit dissolvant et lâche !

Trop longtemps les esprits droits t'ont dédaignée, et commis la déplorable faute de te considérer dans le monde des lettres comme une Pygmée bavarde, indigne d'exciter leur colère, encore moins leur critique ; ils ont trop légèrement surfait le suprême bon sens des masses, et compté aveuglément sur leur profonde intuition pour faire justice de tes calomnies, de ta foi et de ton drapeau ; ils ont, oubliant que leur devoir est de tout combattre, de tout critiquer, laissé ce péril et cet honneur aux hommes qu'ils avaient mission de défendre, au peuple enfin qui n'était point préparé, taillé, cuirassé pour supporter de telles luttes ; ils ont, ou plutôt ils n'ont pas cherché à vaincre leur répugnance, à surmonter leur dégoût, lorsqu'il fallait se mesurer avec un adversaire aussi méprisable que toi, alors qu'il suffisait de t'étreindre une bonne fois pour te terrasser à tout jamais.

Presse honnête, c'est là ta faute, elle est grande ! c'est là ton erreur, elle est désastreuse !

Ton châtiment, aujourd'hui, c'est d'en gémir, de t'en accuser !

Ta gloire, demain, c'est de pouvoir travailler à te les faire pardonner bientôt.

Oui, les temps sont venus où toutes les convictions politiques, toutes les gloires, les talents, les probités littéraires.... doivent entreprendre contre la presse vile, la littérature du bas empire, la sublime croisade de la pensée.

Il faut se hâter de purifier l'air de notre pays des miasmes mortels de cette prose corrompue !

C'est là une question d'ordre et de salubrité morale qu'il faut résoudre dès demain, car les esprits étouffent, les cœurs sont oppressés et sont prêts à mourir si la voix de l'éloquente vérité tarde encore d'arriver jusqu'à eux !

Oui, il faut impitoyablement, sans trêve ni merci, chasser la presse vile du domaine de la pensée que sa présence déshonore, que sa parole insulte !

C'est là, pour tout écrivain qui tient une plume convaincue et qui sait les devoirs qu'elle lui impose, une question d'honneur qu'il doit faire triompher.

C'est là, pour la fière nation dont la gloire est obscurcie, et qui, silencieuse, le cœur plein de larmes, l'œil plein de feu, médite déjà sur les malheurs de la patrie mutilée.... une question d'existence, de liberté et de résurrection nationale !

C'est là, pour le siècle qui verra après tant de corruption, l'épuration de la pensée, et par suite, l'avènement des bonnes mœurs, une question de gloire dont la postérité lui tiendra compte !

Et lorsque la postérité prononcera son arrêt sur les événements et les hommes du XIXe siècle ! Considérant et mesurant la grandeur de la tâche à la profondeur de l'abaissement, elle dira que les hommes qui ont pu, après une telle dégradation, relever le sens moral de tout un peuple avec toutes les nobles vertus qui s'y rattachent, elle dira que ces hommes avaient un cœur à la hauteur de leur génie, qu'ils étaient grands, sublimes, et qu'ils ont bien mérité de l'humanité.

CONCLUSION.

Isaïe prend corps à corps le mal qui, dans la civilisation, débute avant le bien. Il crie : Silence ! au bruit des chars, des fêtes, aux triomphes.

(VICTOR HUGO.)

Entre le livre et cette conclusion, il y a Paris en flammes ; des Français vainqueurs et des Français vaincus, la guerre civile, la patrie qui saigne et qui ne veut pas mourir ; la jeune République qui se meurt et qui implore la vie ; la vieille monarchie qui renaît et qui menace de revivre encore ; l'obscurité qui se prépare à chasser la lumière... le recul, enfin !

Aussi, quel retour dans les idées ! quel coup terrible porté à la pensée ! Quel gouffre vient de s'ouvrir béant devant la réflexion !...

Ah ! consommez-vous, anéantissez-vous, déclamations enthousiastes sur l'humanité !

Le voile qui me cachait la lumière s'est arraché violemment.

Puis, le calme étant venu, étant certain que ce que j'avais pensé était juste, je voulus parler encore !

Mais dans ce temps où l'humanité blasée de la justice, fatiguée, désœuvrée, cherche une autre route. quel écho trouvera une faible voix ? Mais la vérité impose, et je veux encore jeter ce cri désespéré au monde.

Le monde a bien vu des choses ; l'esprit humain s'est glorieusement et laborieusement remué ; l'humanité a traversé bien des siècles : et maintenant un air de lassitude va, se répandant lourdement sur notre planète.

Pour nous, êtres infimes. fourmis pensantes sur notre astre circulant dans l'espace, quel but avons-nous posé à nos pensées ?

Sur quoi n'avons-nous pas osé porter nos regards scrutateurs ?

Que n'avons-nous étudié ?

Qu'est-ce qui, sur la terre, peut nous être inconnu ?

A toutes ces questions l'homme peut répondre.

La science, c'est là notre sublime ouvrage, le monument dressé orgueilleusement sur notre terre par l'humanité, quel instrument grandiose entre nos mains !

Eschyle était prophète, quand il faisait annoncer aux dieux de l'Olympe, par Prométhée, qu'un jour arriverait où ils seraient détrônés par les hommes !

Quelle activité l'humanité n'a-t-elle pas déployée pour rendre gigantesques ces trois phares allumés par elle sur notre planète.

L'Art, la Science et l'Industrie ?

Comme aujourd'hui ils sont grands et resplendissent !

Mais au milieu de cet apothéose superbe, que devenons-nous, nous hommes ?

Oui ! que devient l'humanité elle-même ?

Est-elle aussi grande que ses ouvrages ?

La réponse sera simple comme tout ce qui est juste.

Contemplons-nous, d'abord, au milieu de ce XIXe siècle ; supposons-nous en France, et jetez les yeux autour de vous ; que voyez-vous, qu'entendez-vous ?

Quel spectacle terrible ! le ciel embrasé, l'air ébranlé violemment par les canons de l'artillerie moderne, ce monstre de la civilisation ; le pays, si beau jadis, affreusement ravagé, tout saignant des coups de l'invasion ; et dans le lointain : Paris ! Paris flamboyant sinistrement dans le ciel.

Dans ce brasier s'égorgent des Français qui devaient rester frères !

Alors, effrayés, des hallucinations terribles vous tourmentent la pensée ; vous croyez assister à une vengeance, à un massacre d'Atilla, roi des Huns ; vous pensez vivre dans cette époque néfaste.

Mais la réalité revient plus affreuse ; nous sommes bien arrivés au XIX siècle, à l'apogée de la civilisation, ici-bas !...

Sans dire qui combat pour l'injustice, je ne prends que le fait dans toute son horreur ; quelle différence entre les hommes d'Atilla et ceux d'aujourd'hui ?

La différence n'est que dans le glaive qui ne tuait que de près au temps d'Atilla et le canon d'aujourd'hui qui massacre de loin.

Elle est énorme la différence du glaive au canon !

Mais de combien le caractère des hommes d'aujourd'hui surpasse-t-il celui des hommes d'Atilla ?

Que répondre, puisqu'ils se massacrent toujours avec le même acharnement stupide.

Puisque le sang répand le sang, et que la chair broie la chair.

Puisqu'ils n'ont pas encore compris la sublime simplicité de se tendre la main, quel progrès ont-ils donc fait ?

Comme le maçon construisant des palais ne sent pas s'élever son intelligence, l'humanité reste la même près de ces trois grands ouvrages, les Arts, la Science et l'Industrie, qu'elle élève toujours, ne pensant pas à elle.

Quant à la philosophie on a tant discuté à travers les siècles, que l'on n'a jamais eu le temps de la pratiquer ; les systèmes ont surgi aussi nombreux que les songes d'un homme agité, et les hommes ne sont jamais devenus meilleurs.

Que me répondront les hommes de ce siècle, si je leur demande quels progrès a fait l'humanité depuis Epictète ?

Et depuis, combien a-t-elle déjà fait naître de Socrate et de Marc-Aurèle ?

Si le progrès de la Science, de l'Art et de l'Industrie était celui des hommes, ils devraient tous aimer la justice ;

Ils en sont loin.

Il y a même loin, comme grandeur, élévation d'âme des hommes d'aujourd'hui aux Romains d'autrefois.

Aussi, j'écris hardiment ce qui va sembler un paradoxe monstrueux :

L'humanité n'a pas changé et même tend à dégénérer.

Nous nous sommes étrangement mépris en prenant le progrès de la Science, de l'Art et de l'Industrie pour le nôtre propre.

Et nous avons traversé les siècles en chantant bien haut notre gloire, jusqu'aujourd'hui où nous annonçons triomphalement la civilisation arrivée à son apogée.

Mais le progrès des Sciences et des Arts n'est pas celui de la justice et de la vérité.

Aujourd'hui, l'homme qui élève autour de lui des villes, des palais superbes se dressant orgueilleusement dans le ciel; comparant les villes de maintenant aux villes d'autrefois, il s'écrie : « Que je suis grand !... »

Il se sent emporté par la vapeur maîtrisée par lui, élevé dans l'air qu'il soumettra bientôt à ses lois ! et le progrès qu'ont fait ces choses il le prend pour son progrès à **lui.**

Mais pour bien voir si c'est réellement lui qui a grandi, comparons-le, cet homme d'aujourd'hui, aux Spartiates d'autrefois sous leurs tentes, et nous reconnaîtrons bien vite que fait-à-fait qu'il s'élevait des palais, son âme s'abaissait ?

Bien au-dessous du Spartiate comme vigueur de pensée, il n'est arrivé seulement à le surpasser que *par le luxe et la grandeur de sa demeure !*

Contemplez-vous un instant dans vos villes ; quel amas inouï de richesses et de misères !

Quel fourmillement d'humains affairés.

Où se rendent-ils ?

A quel Forum vont-ils se faire communiquer l'enthousiasme de la justice et de la vertu ?

Ils n'y vont plus.

Ils vont servir leurs maîtres ; ce sont les esclaves de la Science, de l'Art et de l'Industrie ; qui travaillent au triomphe de la matière et à l'étouffement de l'idée !

Oui ! l'homme n'a vu que la matière, lorsque dans le triomphe de la justice et de la vérité, résidait seulement le progrès pur et sublime, celui pour lequel nous avons été créés, et qui aurait fait de nous des Epictètes et des Socrates !

Il est devenu esclave, aussi comme tout ce qui est esclave, est-il vil et corrompu.

Il n'a pu se faire grand ; quel chûte !

Grandes villes ! grands palais ! mais bien petit homme, bien vil, bien injuste !

Observez l'antithèse formidable ; là, la ville, immense, tumultueuse, mélange horrible de richesses, de misères ; énorme entassement de marbres et de pierres taillées, séjour de l'orgueil, du despotisme, du vice et de l'injustice.

Autour de la ville, la campagne, c'est-à-dire les champs, le gazon, les arbres touffus, la chaumière, le ruisseau, les oiseaux, le ciel bleu, la Nature !

Grandissons l'antithèse ; mettez dans les villes, nous tous, tant que nous sommes aujourd'hui ; et dans la chanmière parmi les arbres, Epictète !

Lequel est le plus grand et le plus heureux ?

Vous devez maintenant me comprendre.

Ah ! progrès ! progrès ! civilisation ! civilisation ! pourquoi as-tu fait les maisons si hautes et rendu les hommes si petits ?

L'humanité a fait fausse route, et malgré ce retour des pensées sur l'humanité, le titre de ce livre : « Les premières phases d'une décadence » reste le même et devient gigantesque.

Oui ! ce sont les premières phases d'une décadence, mais d'une décadence immense : celle de l'humanité.

Le penseur l'entend venir, il écoute les sinistres craquements du monde vermoulu ; il en est terrifié, car c'est la première fois qu'il voit l'humanité chanceler et s'égarer dans sa voie ?

Pour lui, ce n'est plus une nation seule qui va s'écrouler comme Sparte autrefois entourée de peuples tout resplendissants de lumières et de gloires !

NON ! ce qu'il voit maintenant c'est l'humanité toute entière courir, en riant, à l'abîme de la décadence la plus profonde, et qui semble destinée fatalement à périr, si un éclair d'en **haut** ne vient pas illuminer le chemin funeste qui la mène à sa perte !

Comprenons enfin, qu'à partir du XIXe siècle, l'humanité est disposée, préparée pour s'en aller en végétant, à mourir peut-être ! si par un effort suprême, nous ne nous hâtons point de refaire notre vie, en reconquérant par le *travail* et la *sobriété*, le respect de nous-mêmes et la pureté de mœurs, sans lesquels la vertu reste un vain mot.

Pratiquant tous les jours, la corruption qui passe dans les mœurs, en pleine dissolution morale et anéantissement physique..... les peuples se sont, il est vrai, élevés bien haut dans les sciences et l'industrie, mais ils sont restés vicieux et injustes.

Je vais dire ce que je crois :

Dans la science et l'industrie vous voyez les deux monuments élevés par la curiosité et la cupidité humaines ; ce sont eux qui sont en progrès, et non la justice et la vertu !

Est-ce là la civilisation ?

On est blasé sur tout.

Homère, Virgile, Dante, Rousseau sont connus ; hélas ! il n'y en a plus !

Que devient l'homme sans l'enthousiasme de la vertu et des grandes choses ?

Ce qu'il est aujourd'hui.

Souvenons-nous qu'Isaïe, le grand prophète, restait sombrement menaçant devant la civilisation naissante et la montrait du doigt comme on montre un orage !

C'est qu'il voyait les villes de son temps : Babylonne, Tyr, Jérusalem, somptueuses, superbes, mais séjour du vice et de l'injustice, et alors, saisi d'indignation, d'une voix formidable, il annonçait aux villes corrompues qu'elles seraient rasées, qu'à leurs places s'étendrait un désert de sable, et que le vice et le despotisme seraient remplacés par des lions et des tigres.

Ce qu'Isaïe disait de son temps est resté vrai au XIXe siècle ; aussi est-il triste de nous voir tant nous glorifier des progrès et de la civilisation moderne, lorsqu'il nous faut reconnaître, avouer, que la justice et la vertu ne sont pas plus observées, pratiquées aujourd'hui qu'au commencement du monde.

Auguste DALICHOUX.

Paris, 6 juin 1871.

DEUX

MEURTRIERS COURONNÉS

PRÉFACE NÉCESSAIRE

C'est en subissant le blocus de
Metz que j'ai appris à souffrir, et
à réfléchir sur toutes choses.

A. D.

*Hugues Grotius, dans son Traité du droit de la
paix et de la guerre, dit : « La plupart de ceux
qui entrent en guerre, en ont des motifs ou seuls,
ou accompagnés de quelques raisons justificatives.
On peut dire des premiers, qui ne se mettent point
en peine des raisons justificatives, ce que les juris-
consultes Romains disent des brigands : Qu'il faut
renfermer sous ce nom ceux qui, quand on leur
demande en vertu de quoi ils possèdent telle ou telle
chose, n'en allèguent d'autre titre que la* possession.

Ces sortes de guerriers, qui ne suivent d'autre règle et n'ont d'autre motif que leur ambition, sont, en effet, de grands voleurs, *titre que leur donne saint Augustin.*

Il n'y a point en eux de véritable bravoure, mais une cruauté souverainement inhumaine, comme le dit Cicéron.

Empereur d'Allemagne, l'histoire repoussera, en les flétrissant, toutes tes raisons justificatives, pour la continuation de la guerre au lendemain de Sedan !

A ceux qui auront le courage de te demander en vertu de quoi tu possèdes l'Alsace et la Lorraine, tu répondras hardiment — que ces provinces sont à toi parce que tes soldats les occupent.... Exactement, comme ces brigands qui, lorsqu'on leur demande en vertu de quoi ils possèdent telle ou telle chose, n'en allèguent d'autre titre que la possession.

Metz, le 30 Octobre 1870.

———

I.

> Le fameux général romain Marius, disait que le bruit des armes l'empêchait d'entendre la voix des lois.

Je crois pouvoir affirmer qu'il n'existe pas aujourd'hui dans la partie du monde qu'il est convenu d'appeler « la plus civilisée », un écrivain en état de juger avec une stricte impartialité les causes qui ont amené la guerre entre la France et la Prusse.

Les publicistes les plus honnêtes, malgré la ferme résolution qu'ils prendront d'étouffer dans leur esprit la passion qui l'égare afin de l'élever dans les calmes régions de la pure philosophie, n'en n'apprécieront pas moins avec les sentiments les plus contraires, le caractère et le patriotisme des gouvernants et des soldats, qui dirigent et soutiennent cette lutte formidable.

Aussi, quelles que soient la hauteur de vue, la fermeté de jugement de ces écrivains consciencieux, ils s'abuseraient beaucoup, néanmoins, en considérant la conclusion de leurs écrits sur ces remarquables événements, comme un arrêt suprême, irrévocable, digne d'être gravé sur les tables d'airain de l'histoire.

Il faudrait alors, si telles étaient leurs prétentions, qu'ils sachent bien que les générations futures ne verront uniquement dans leurs écrits au lieu du simple langage de l'implacable vérité, qu'une expression plus ou moins passionnée de l'opinion de leur pays, qu'un écho retentissant des lugubres murmures de la foule, qu'une thèse dogmatique dissimulant avec peine l'imprécation du fanatisme religieux, et surtout qu'un manifeste politique au service des rois et des partis.

Lorsque l'équilibre de la société est rompu, que deux grands peuples s'égorgent, que toutes les croyances s'ébranlent, que tous les droits sont remis en question, lorsque par suite de ce bouleversement, de toutes ces ruines, la civilisation affolée se replie sur elle-même pour faire ce bond honteux qui la ramène d'un seul coup un siècle en arrière , l'on peut alors sans témérité aucune et sans qu'il soit besoin de posséder la connaissance du cœur humain aussi profondément que Shakespeare , prédire que les contemporains de cette époque néfaste seront dans l'impossibilité morale, quels que soient leur patrie, leurs convictions, et même leur génie, de pouvoir raconter et commenter avec impartialité ces sombres et prodigieux événements.

Les cadavres de quatre cent mille hommes ne seront plus que poussière, une génération nouvelle marchera sur ces hécatombes monstrueuses, surpassant par le nombre, celles qui se faisaient au temps des Satrapes, de Néron et d'Attila, avant qu'un homme de cœur , puisse entreprendre sérieusement et d'une manière définitive, *l'histoire du XIXe siècle.*

II.

O guerres fratricides, que l'incendie éclaire plus
souvent que la lumière des cieux, devez-vous donc,
pendant longtemps encore, désoler et déshonorer
l'humanité ?

Et toi, paix sainte, paix féconde, symbole de la fraternité et de toutes les vertus sublimes qui feraient le bonheur de l'humanité, ne seras-tu toujours qu'un moyen et non un but, au service des projets et de l'ambition des rois? Puisque ces bourreaux te condamnent fatalement à périr le jour où ton génie, prenant son plus haut essor, commence à fortifier de ses vivifiantes lumières tout ce que la terre renferme de beau, d'utile et de juste.

Pourquoi faut-il que tu n'apparaisses ici-bas, que semblable à ces radieuses et consolantes visions, qui après vous avoir ébloui et donné l'espérance, retombent presqu'aussitôt au milieu des profondes ténèbres d'où elles étaient sorties?

Est-ce donc en vain que le poète inspiré par toi t'aura célébrée dans un poême où il aura mis le meilleur de son âme? Que le penseur sera devenu ton apôtre, pour te prêcher à travers le monde, à la face des peuples esclaves, et de l'autocratie toute-puissante! Que le soldat, patriote sublime, se décidera à te sacrifier obscurément sa vie, dans l'espérance de hâter ton triomphe?....

Paix universelle tu ne règnerais jamais, et ce qui vivrait de toi sur la terre, ne serait qu'une éloquente théorie, plaidée de loin en loin par quelques hommes courageux doués du génie du bien.

Autrefois ces génies, ces apôtres héroïques qui bénissaient le martyre et la persécution pour mieux affirmer leurs croyances , s'appelaient : Socrate, Jésus-Christ, le Dante et Fénelon! Aujourd'hui les apôtres du XIXe siècle s'appellent: P. L. Courrier, Proudhon, Victor Hugo et Jacoby ! — Et s'ils n'ont pas, comme les premiers, l'auréole du matyre , du moins ils partagent avec eux, la gloire d'avoir enduré l'exil et la prison, pour enseigner au monde leurs principes humanitaires.

Hélas! l'ère du repos que réclament les souffrances de l'humanité, surmenée depuis des siècles par les dictateurs prédestinés, les sauveurs de nations, les pasteurs de peuples, les guerres, les pestes, les famines et toutes les misères et les horreurs, qui escortent ces tyrans et ces fléaux !.... L'ère de la paix du monde n'arriverait-elle donc jamais?

Faudrait-il admettre qu'en ce monde , une seule chose soit durable: la tyrannie, et, par suite de ce fait, déduire , que la véritable expression , la ferme volonté de l'humanité dans ses aspirations vers les principes et les lois qui doivent gouverner la société, *ce serait le mal?*

Le mal s'appuyant sur la multitude, la trompant par la flatterie, l'abêtissant par le mysticisme, l'énervant par la débauche, la rendant méchante par la vanité, et, finalement, étouffant tous ses nobles penchants, en surexcitant en elle, au plus haut degré, la passion du lucre.

Faudrait-il croire alors que l'humanité est faite pour la servitude, puisqu'à part les quelques rares interrègnes de liberté dont elle a joui passagèrement, au prix du plus pur de son sang, le despotisme la reprend aujourd'hui dans ses serres, bien résolu à mettre l'Europe en feu plutôt que de lâcher sa proie ?

Faudrait-il enfin désespérer de tout et conclure que la vérité, la justice resteront toujours impuissantes pour enseigner et fonder le culte de l'inviolabilité du droit.... puisque la force brutale qui triomphe, devient une loi de fait, que le temps consacre, et transforme en un droit imprescriptible en faveur des conquérants, le jour où les peuples, victimes de ces spoliateurs, essaient de revendiquer près d'eux leur nationalité, avec cette énergie terrible que donne le mépris de la mort ?

C'est à la royauté seule, à son règne persistant, à ses abus, à ses crimes, que le penseur doit adresser quelquefois ces redoutables questions, qui, jetant le doute dans son esprit, l'amènent à se demander si l'humanité serait encline au mal, de préférence au bien, et suivant le premier penchant, faite alors pour la tyrannie, plutôt que pour la liberté.

———

III.

Comment ne haïrais-je pas un régime qui pour mieux retarder l'avènement de la liberté et se maintenir au pouvoir, n'a pas hésité à se faire le geôlier des lumières de l'intelligence, afin de l'empêcher d'éclairer et de fertiliser le vaste champ de l'ignorance humaine ?

Comment n'exécrerais-je pas cette royauté, qui depuis qu'elle gouverne le monde est obligée pour soutenir sa criminelle et fastueuse existence, d'entretenir une haine idiote entre tous les peuples, pour

5 *

mieux étouffer dans leurs cœurs les nobles sentiments de la fraternité, de la pitié et du remords, qui ne s'est toujours ingéniée à exciter chez les hommes que les appétits les plus vils, les instincts les plus sauvages, la vanité la plus folle, afin d'en faire les héros du pillage, du meurtre et de l'incendie!.... et jamais de l'intelligence?

Oui, je la hais cette royauté, parce qu'elle sera constamment un piège tendu devant la crédulité humaine dans lequel tomberont une à une toutes les libertés conquises par la révolution de 89!... Je la hais, parce qu'elle renferme ce pouvoir terrible et sanguinaire qui décrète la guerre sans l'assentiment des peuples; je la hais *surtout* parce qu'elle a su, avec un machiavélisme infini, malgré les rivalités qui la font se déchirer entre elles, être toujours unies pour repousser par tous les moyens les attaques de la liberté, en organisant contre celle-ci une coalition formidable, une solidarité commune dans lesquelles les rois les plus constitutionnels sont fatalement entraînés par les empereurs, rois du droit divin.

IV.

> Quelqu'un présentait un jour à Antigonus, roi d'Asie, un traité de la justice ; ce vieux prince lui répondit en se moquant : j'ai bien à faire de cela, moi qui prends partout où je puis, les villes des autres.
>
> ——
>
> La force prime le droit.
> (Bismark.)

Et vous, empereurs et rois ! vous les esprits profonds, nourris de cette philosophie spéciale qui fait mépriser l'humanité ! vous les grands justiciers des peuples en décadence...

Allez, poursuivez votre œuvre sacrilége, faites la guerre, investissez les cités, affamez les populations, et ayez soin de remettre vos sanglantes épées au fourreau, que le jour où l'univers terrifié par la peur se soumettra entièrement à vos lois ; alors achevez votre œuvre... impitoyablement, sans trève ni merci !

De guerriers superbes que vous étiez, redevenez simplement de sombres législateurs, n'utilisant uniquement le règne de la paix que pour mieux opprimer le monde et le conduire au caprice de votre orgueil et de vos plaisirs.

Montrez-lui, qu'après l'avoir conquis et humilié par vos armes, il vous reste encore à l'avilir, et à le vaincre dans son idée ; qu'après le siége des villes il vous faudra entreprendre le grand investissement de la pensée, jusqu'au jour où votre tyrannie toute puissante, se trouvera définitivement à l'abri de sa terrible explosion.

Et toi, Guillaume de Prusse, roi du droit divin, empereur d'Allemagne ! tu peux, tandis qu'il en est temps encore, continuer ta tragi-comédie sur le corps de la noble France ! oui tu peux, ô germain farouche, en t'enivrant de tes vieilles haines contre la liberté, te donner à plaisir cette âpre et honteuse jouissance ; car... l'Europe, ta complice, les rois tes bons frères, te regardent accomplir ton œuvre de dévastation, avec plus d'envie, hélas ! que de véritable indignation

Poursuis donc ta marche victorieuse à travers les villes qui croulent, au milieu des cris des mourants, et des lueurs de l'incendie !

Pour vaincre aujourd'hui les soldats de la liberté , la scène de l'univers est admirablement préparée pour un conquérant tel que toi !..... Elle l'est *si bien* pour tes criminelles entreprises, qu'à part l'impitoyable et juste réprobation de la France assassinée, et de la postérité vengeresse, tu peux être convaincu que la majorité de tes contemporains , le peuple et les grands, applaudiront tes actes les plus iniques, autant par ignorance que par intérêt, et le plus souvent par suite de la plus stupide vanité.

Va ! ce ne sera pas en vain que ton immense hypocrisie se sera couverte du beau manteau de la religion et de la patrie ; car ce sera sous son ombre que tes mains meutrières auront pu prendre et garder impunément *le glaive national* des peuples injustement attaqués ! — Non, ce ne sera pas en vain que ton visage de fourbe se sera aussi habilement caché sous le masque du puritain austère, car la tourbe ignorante aura follement accueilli comme des sentences sacrées, les impostures tombées de tes lèvres maudites !....

Donc, très gracieux empereur, sois tranquille, tu peux, en tout honneur, mentir et ordonner des mas-

sacres humains, tu auras, quand même, des thuriféraires à ta suite, et, comme les héros romains, un
chœur antique pour chanter tes exploits.

... Ainsi, récolte des lauriers, vole des provinces,
et par tes créatures fais-toi offrir cette pourpre im-
périale teinte du sang de tes hordes victorieuses! Que
t'importe si, pour obtenir ce vain titre et ces fragiles
trophées, il te faut entraîner des myriades d'hommes
à la mort! N'est-ce pas là du reste la destinée des
peuples qui vivent sous le joug des rois?... Qu'ils
marchent donc, ils le doivent! et meurent sans mur-
murer, afin de te conquérir une autre couronne, et
surtout, ô vieillard cruel, pour émerveiller une dernière fois ton imagination rompue à toutes les jouis-
sances, mais encore assez ardente pour l'enthousiasmer
à la vue du choc terrible de six cent mille guerriers,
sur lesquels mille canons vomissent leur aveugle
mitraille!

Spectacle grandiose! luttes titanesques que des
meurtriers couronnés pouvaient seuls s'offrir, et que
toi, roi Guillaume, tu n'as eu garde de laisser échapper.... Car la fin de ta sinistre carrière approche....
et les dernières illusions dont tu puisses aujourd'hui
bercer ta superbe ambition et tes tristes convictions....
c'est d'espérer que ton peuple sera assez niais pour

faire à ta dépouille les funérailles de Charlemagne !...
c'est surtout de croire que le néant seul ! recevra pour
toujours ton âme aussi hypocrite que criminelle.

—

V.

De tels princes haïssaient naturellement
les gens de bien ; ils savaient qu'ils n'en
étaient pas approuvés : indignés de la
contradiction ou du silence d'un citoyen
austère, enivrés des applaudissements de
la populace, ils parvenaient à s'imaginer
que leur gouvernement faisait la félicité
publique , et qu'il n'y avait que des gens
mal intentionnés qui pussent le censurer.

(Montesquieu.)
(Grandeur et décadence des Romains)

Ah ! je l'avoue, depuis le jour où deux *meurtriers
couronnés* ont résolu cette horrible guerre, pour le
seul besoin de venger leur amour-propre blessé, de
rassasier leur orgueil, d'agrandir leur maison et surtout pour mieux illustrer et perpétuer leur race maudite, depuis ce jour à jamais exécrable, où un lâche

aventurier et un vieillard hypocrite, ont déchaîné sur ma belle patrie toutes les calamités de l'invasion, la rage bouillonne dans mon cœur, et mon esprit inquiet et désolé est devenu la proie d'une unique pensée : l'amour de la république et la haine de la royauté.

Rois de par la grâce du droit divin ou de la constitution, despotes ou débonnaires, je vous hais tous à un égal degré, car tous vous êtes entachés du même vice, pousuivez le même but : fonder et perpétuer votre dynastie, telle est votre mission sur la terre. Aussi sous l'empire de ces ambitieuses pensées, de cet ardent désir, n'avez-vous jamais cherché à gouverner votre peuple qu'en vue de lui imposer votre race, sans prendre en grand souci la gloire d'améliorer son sort.

Allez, superbes comédiens, vous dont la voix sonore et le geste noble ravissent toute la foule.

Je voudrais que la foudre vous écrasât, le jour où vous allez hypocritement vous agenouiller au pied des saints autels, et prenez un air inspiré, un accent prophétique, pour annoncer à tout l'univers que dans la lutte que vous allez soutenir pour sauvegarder des droits sacrés, vous ne serez rien que les humbles instruments d'un Dieu justement courroucé, contre la déloyauté et la corruption de vos ennemis.

Hélas ! les peuples vous écoutent au lieu d'etouffer

votre voix, et pour les entraîner à la guerre vous n'avez plus qu'à vous attribuer effrontément une mission providentielle, afin que ces pauvres dupes vous permettent de voler glorieusement quelques parcelles de terre.

Si vous étiez des fous illuminés, je comprendrais et j'excuserais vos actes, si monstrueux qu'ils fussent, mais je reste fermement convaincu que votre esprit ne les a jamais conçus que sous l'empire d'une lucidité parfaite et d'un scepticisme profond.... C'est bien avec toutes les lumières de votre intelligence, que vous avez froidement accompli les crimes les plus abominables, dans le but unique de donner une fugitive satisfaction à votre insatiable orgueil.

Il arrive pourtant une heure où par suite de votre politique inepte ou infâme, des publicistes courageux discutent la forme de votre gouvernement, et, mettant en doute la légitimité de vos actes ou de votre origine, amènent contre vous un soulèvement national !...

Alors, si nouvelle que soit votre dynastie, si douteux que soient vos droits à la couronne, devant le flot révolutionnaire qui monte et menace d'engloutir votre trône jusqu'au bord de l'abîme, vous jouez encore votre sinistre rôle, et... sérieusement, en monarque convaincu, vous avez l'audace de vous réclamer du droit divin, et à son défaut de la sanction populaire !

Homme de Sedan, c'est ainsi que tu as agi !... C'est pourquoi cet histrion couronné, grâce à la légende Napoléonienne, si bien chantée par Béranger et racontée par M. Thiers ; ce Louis Bonaparte dont l'aïeul était un simple citoyen, se considérait sous le règne de Louis-Philippe, comme un légitime prétendant au trône de France, en vertu de ce que son oncle Napoléon 1er en avait été le valeureux usurpateur !

Aujourd'hui, ce taciturne personnage, qui jadis n'ouvrait la bouche que pour mentir, et ne parlait avec quelque facilité que pour prêter serment à la république et ordonner l'assassinat des républicains, ce bandit du 2 décembre, ce charlatan du 8 mai, ce lâche du 2 septembre, ose encore, après tant d'actions abjectes, se considérer dans une proclamation indécente, comme le seul maître légitime du trône de France.

En se berçant de ces criminelles espérances, en croyant possible cette chose monstrueuse... sa restauration. Et à quel prix ! Ce profond politique, ce sage qu'un de ses courtisans comparait à Marc-Aurèle, a donné la mesure exacte de son bon sens, de l'honnêteté de son esprit, et, par l'odieux de ses projets, mis en lumière la pauvreté de son caractère.

Il pouvait pourtant en se résignant à tomber de

haut, faire admirer sa chute, car son éclatante incapacité lui avait préparé, pour bien mourir, une catastrophe terrible, inouïe, un effondrement suprême, sous lesquels devait se débattre dans le râle de l'agonie, le régime impérial mourant *ignominieusement sur le champ de bataille*, pourri, corrompu, par la débauche, le vol et la vanité !

Alors, si au lieu de la basse mesquinerie du mal, qui était le trait dominant de son caractère, il en avait eu le génie, ou tout au moins le courage qui poétise encore le tyran, la mort glorieuse, héroïque, était là qui le sollicitait de tous côtés, et qui, pour le séduire, se faisait presque belle par le déploiement gigantesque de toute sa sublime horreur !

Là, au milieu de tant de braves tombés au champ d'honneur, tu devais, ô Napoléon, trouver des funérailles dignes d'un soldat.... Mais la mort te faisait peur dans cet instant suprême où ton honneur te commandait de l'étreindre avec une sauvage ivresse...

Lâche, tu ne *voulus* point mourir, lorsque tu pouvais peut-être par le sacrifice de la vie, te faire *presque* pardonner tes vingt années de rapines et d'attentats ignobles contre le cœur et l'intelligence de ta patrie.

Conspirateur de Wilhemshœhe, sois donc maudit! toi, qui pendant vingt années conspiras avec tant

de succès contre la liberté, la justice et l'honneur de
la France ! qui flattas tous les vices, atrophias les
plus belles intelligences, garottas tous les dévoue-
ments honnêtes, en te faisant une litière de toutes
les vertus, un piédestal de toutes les convoitises,
et qui ne trouvas moyen d'étayer définitivement ta
détestable puissance que lorsque tes yeux *vitreux*
ne virent plus autour de ton trône que les complices
de ton œuvre perverse !

C'est alors que tu n'eus plus besoin pour gouverner
les hommes, et rester, ô dérision ! l'arbitre des
destinées de l'Europe, qu'à suivre docilement les
conseils des Cassandres et des Machiavels modernes !
Ce furent eux qui se chargèrent du soin de prédire
au monde ta mission civilisatrice, en prenant toutefois
la précaution de t'enseigner, pour l'accomplir sans
danger, non *le droit des gens ! mais les droits du
Prince !*

Ce furent Persigny et de Morny, ces fidèles
courtisans de ta fortune illicite, ces deux créatures
pétries de scepticisme et d'infâmie, qui s'emparèrent
de ton obscure intelligence avec ton nom prestigieux,
pour te souffler dans l'ombre le grand rôle impérial,
t'en souligner avec tant d'esprit toutes les phrases
à effet dont il est rempli, en n'oubliant pas surtout
de te montrer avec la science la plus parfaite, toutes

les nobles attitudes que réclamait impérieusement un aussi magnifique emploi.

Pourquoi faut-il convenir que jusqu'à Sarrebruck, malgré la nullité de ton talent, et grâce seulement à la fidélité de ta mémoire, tu jouas avec un certain éclat le rôle d'empereur sur la scène du monde, et cela aux applaudissements d'une foule ignorante, d'une partie de la presse, des courtisans de tous les temps, et de tous les souverains de l'Europe, qui lors même que tu jouais mal, t'applaudissaient encore du bout des doigts autant par crainte que par politique.

Aujourd'hui, *enfin!* le peuple sait au juste ce que tu es, ce que tu vaux!

Ta chute burlesque à Sedan, tes criminelles machinations à Wilhemshœhe ont mis complètement à nu ta valeur et ta politique; et sache-le bien, les misérables qui ont eu l'impudeur de se rattacher à ta cause condamnée par la nation, leurs noms sont cloués pour toujours au pilori de la réprobation universelle, car ces hommes, ce sont des traîtres !

En France le ridicule tue, et jamais l'on y a pardonné la lâcheté... Napoléon III, il faut que tu t'en souviennes et te résignes à ne plus conserver la dérisoire espérance de sauver du naufrage de l'empire les épaves vermoulues d'une légende napoléonienne, ramenant sur ses débris ton fils Napoléon IV ? Va ! tu es bien le dernier de ta race qui aura sa page dans l'histoire, et la tienne sera plus honteuse, plus sinistre que toutes celles qui furent écrites sur les plus fameux tyrans de l'antiquité !

Puisse cette terrible conviction pénétrer chaque jour davantage dans ton esprit, et s'y enraciner avec un acharnement tel qu'il en meure dévoré par la rage et le désespoir.....

Ce sera là le commencement de ton châtiment.... à toi, dont la misérable conscience n'éprouvera même plus l'amère consolation d'être mordue par le remords pour se purifier un jour par le repentir.

Pour les historiens et les peuples de l'avenir, ton règne, ô bandit ! n'aura servi qu'à leur montrer, marqué sur la muraille du progrès, l'étiage de la civilisation au XIXe siècle ; il verront alors à quel degré elle a pu descendre sous la pression de la puissance du mal et de l'ignorance humaine, après s'être élevée presqu'à la dernière limite sous le souffle bienfaisant de la liberté.

FIN.

Lille. Imp. Camille Robbe.